Monsieur
PARFAIT

Collection MONSIEUR

Mr. Men   Little Miss

Monsieur PARFAIT

Roger Hargreaves

hachette
JEUNESSE

C'était une parfaite journée d'été.

Et en cette parfaite journée d'été,
monsieur Parfait s'était encore
mieux lavé et coiffé que d'habitude.

Il était vraiment parfait,
n'est-ce pas ?

Sa maison, elle aussi,
était encore plus parfaite que d'habitude.

Et, plus que jamais,
elle méritait bien son nom :

La Perle !

Tu te demandes sans doute pourquoi
tout était encore plus parfait que d'habitude
chez monsieur Parfait.

Eh bien, c'est parce qu'il allait fêter
son anniversaire.
Il attendait ses invités.
Justement, on frappa à la porte.

— C'est parfait, dit monsieur Parfait.
Ils sont à l'heure.

Quand il vit tous ses invités
les bras chargés de cadeaux,
il leur dit :

— Vous êtes parfaitement gentils !
Entrez, entrez, je vous prie,
et si vous le voulez bien,
nous ouvrirons ces paquets un peu plus tard.

Tout le monde répondit :
— D'accord !

Tout le monde, sauf...

... monsieur Malpoli !

Lui, il dit :

— Vous, l'imbécile,
je n'ai pas de temps à perdre !
Vous avez intérêt
à ce qu'on ne s'embête pas aujourd'hui !

Crois-tu que monsieur Parfait se fâcha ?

Eh bien, non, il ne se fâcha pas.

Voyons, il était bien plus poli
que monsieur Malpoli !

Il répondit seulement :

— Oh, non, mon cher monsieur Malpoli,
nous ne nous ennuierons pas.

Surtout si nous dansons !

Et tout le monde dansa.

Même monsieur Malpoli !

L'ennui, c'est que monsieur Maladroit,
maladroit comme il l'était,
cassa la pile d'assiettes en porcelaine !

Crois-tu que monsieur Parfait se fâcha ?

Pas du tout !

Il dit :

— Ne vous inquiétez pas, monsieur Maladroit.

Et adroit et parfait comme il l'était,
il apporta vite une pile d'assiettes...

... en carton !

Ensuite, il apporta un gâteau.

Il était gros.

Il était beau.

Il était PARFUMÉ.

Et PAR...FAIT bien entendu.

L'ennui, c'est que monsieur Glouton
n'en fit qu'une bouchée.

Il n'y avait plus de gros gâteau
pour les autres invités.

Crois-tu que monsieur Parfait se fâcha ?

Pas du tout !

Parfait comme il l'était,
il avait tout prévu.

Vite, il apporta des petits gâteaux.

Tout le monde se régala.

Même monsieur Parfait !
Mais comme il n'était pas glouton,
il n'en mangea qu'un.

Un seul gâteau, c'était parfait pour lui !

Les petits gâteaux terminés,
monsieur Parfait ouvrit ses cadeaux.

Il dit autant de mercis qu'il y avait de cadeaux.

Mais tout à coup, monsieur Avare cria :

— Et mon cadeau, vous l'oubliez ?

— Oh, excusez-moi, dit monsieur Parfait.
Je ne l'avais pas vu.

Et vite, il ouvrit le tout petit paquet
que lui montrait monsieur Avare.

— Oh, monsieur Avare ! dit monsieur Parfait.
Vous m'avez offert un morceau de charbon.

C'est adorable !

C'est merveilleux !

C'est trop gentil.

— Si j'avais su,
je ne lui aurais offert
qu'un demi-morceau de charbon,
se dit tout bas monsieur Avare.

Monsieur Malpoli, lui, dit tout haut :

— Monsieur Parfait, j'en ai assez !
Je vous déteste ! Et vous savez pourquoi ?
Parce que vous avez un défaut.

Un seul !
Mais il est gros, énorme, insupportable !

— Lequel est-ce, s'il vous plaît ?
demanda monsieur Parfait,
toujours aussi poli.

— Imbécile ! hurla monsieur Malpoli.
Vous n'avez pas compris ?

Votre défaut, c'est...

... de n'avoir AUCUN défaut !

RÉUNIS VITE LA COLLECTION ENTIÈRE

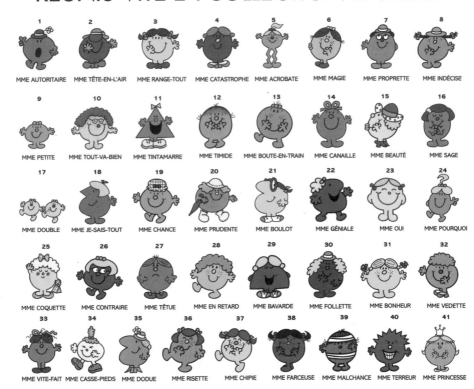

1. MME AUTORITAIRE
2. MME TÊTE-EN-L'AIR
3. MME RANGE-TOUT
4. MME CATASTROPHE
5. MME ACROBATE
6. MME MAGIE
7. MME PROPRETTE
8. MME INDÉCISE
9. MME PETITE
10. MME TOUT-VA-BIEN
11. MME TINTAMARRE
12. MME TIMIDE
13. MME BOUTE-EN-TRAIN
14. MME CANAILLE
15. MME BEAUTÉ
16. MME SAGE
17. MME DOUBLE
18. MME JE-SAIS-TOUT
19. MME CHANCE
20. MME PRUDENTE
21. MME BOULOT
22. MME GÉNIALE
23. MME OUI
24. MME POURQUOI
25. MME COQUETTE
26. MME CONTRAIRE
27. MME TÊTUE
28. MME EN RETARD
29. MME BAVARDE
30. MME FOLLETTE
31. MME BONHEUR
32. MME VEDETTE
33. MME VITE-FAIT
34. MME CASSE-PIEDS
35. MME DODUE
36. MME RISETTE
37. MME CHIPIE
38. MME FARCEUSE
39. MME MALCHANCE
40. MME TERREUR
41. MME PRINCESSE

DES **MONSIEUR MADAME**

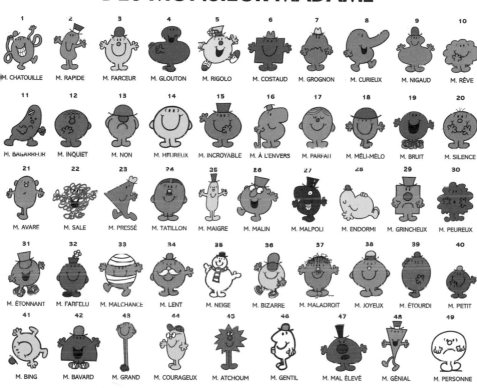

1. M. CHATOUILLE
2. M. RAPIDE
3. M. FARCEUR
4. M. GLOUTON
5. M. RIGOLO
6. M. COSTAUD
7. M. GROGNON
8. M. CURIEUX
9. M. NIGAUD
10. M. RÊVE
11. M. BAGARREUR
12. M. INQUIET
13. M. NON
14. M. HEUREUX
15. M. INCROYABLE
16. M. À L'ENVERS
17. M. PARFAIT
18. M. MÉLI-MÉLO
19. M. BRUIT
20. M. SILENCE
21. M. AVARE
22. M. SALE
23. M. PRESSÉ
24. M. TATILLON
25. M. MAIGRE
26. M. MALIN
27. M. MALPOLI
28. M. ENDORMI
29. M. GRINCHEUX
30. M. PEUREUX
31. M. ÉTONNANT
32. M. FARFELU
33. M. MALCHANCE
34. M. LENT
35. M. NEIGE
36. M. BIZARRE
37. M. MALADROIT
38. M. JOYEUX
39. M. ÉTOURDI
40. M. PETIT
41. M. BING
42. M. BAVARD
43. M. GRAND
44. M. COURAGEUX
45. M. ATCHOUM
46. M. GENTIL
47. M. MAL ÉLEVÉ
48. M. GÉNIAL
49. M. PERSONNE

ISBN : 978-2-01-224837-3
Loi n° 49-956 du 16 juillet 1949 sur les publications destinées à la jeunesse.
Imprimé et relié en France par I.M.E.